句集

壱

朔出版

坊城俊樹

ICHI

TOSHIKI BOJO

壱　目次

朴念集

艶冶集

装幀　水戸部 功

句集　壱

朴念集

二〇四句

冬の劇

絡繰りの遊女唄へる冬の劇

水鳥の濠に首挿す祈りとも

灯り消し火を消し木枯を眠る

鴨ひとつ眠る曖昧模糊として

焼夷弾降りしあたりを都鳥

鎌鼬かつて女と逢ひし路地

乳房冷たく餓鬼を抱く慈母観音

午砲《どん》と鳴りては崩壊の霜柱

准看の夜勤の窓に聖夜の灯

クリスマスリースの裏に人死せり

キューピーの背なに羽根あるクリスマス

靴音は軍靴にあらず聖夜の灯

教会へ寒き異教徒なる私

出征し負傷し此処に暦売る

猟始めなり口笛を野砲とし

和蠟燭灯し狩場の祈りかな

豪雪に灯し何かを絞めてゐる

読初の夜は彗星を栞とし
漢らは恵方の沖へ漕ぎ出せり

独り言低くひとりの衛士へ雪

雪嶺を父と言ふ人嫁ぎゆく

雪嶺に棲む血の色の鶏冠もて
枯野ゆく犬は狼より痩せて

胼の手を隠す女が恋敵

寒紅をひきプロパンで竹輪煮る

雪女恋に飽きては雪降らす
柩より寒き女のベッドかな

鷹は恐らくマチュピチュの方へ翔つ

枯葉集《つ》む去来の墓の嵩ほどに

冬銀河へと細く立つ檻の鶴

冬怒濤壱岐も対馬も溺れたり

尖塔の先に絡みてオリオン座

天鵞絨の色に崩れて寒牡丹

春色

春愁の鳥居は凭れやすきかな

立春の蕎麦大吉の海老を入れ

電線も立春大吉ごちやごちやと

電線に残る寒さを流す路地

千《せん》住《じゅ》面《づら》して腹出して恋の猫

蜆舟のたりのたりと沖眠し

小雪姐さんと嘗ての春の路地

黒塀の永久に黒かり紫木蓮

棒《ぼ》手《て》振《ふ》りに蓬餅売る鈴の音

あんみつの匙と春愁置きどころ

春愁を覗く車窓に頬寄せて

終点は銀河それとも春の駅

しあはせは春の磧の乳母車

つまづきて小さきふたりのつくづくし

桃色は鳥の落せし花筏

花見舟ゆらゆら美酒に酔うてをり

花見舟働く舟の水尾に揺れ

黄金比もて麗人の花に侍す

夏恋

夏風邪の大群衆とすれ違ふ

オルガンは鳴らず夕焼も届かざる

虹消えて貧しき川となりしかな

神木の股の洞より黄金虫

あつぱつぱ恋に飽きては鮒を釣る

蓮池の蓮に溺れて花ひとつ

離縁して独り西日をもてあます

甘き花呑みて緋鯉となりしかな

噴水の微粒子に触れ楽しき日

夏の星ほどの距離にて失恋す

零戦といふ夏空のひとかけら

揺れてゐる端唄長唄夏のれん

旧財閥銀行員のサンドレス

大川へ流されてゐる溽暑とも

墨東の男群れたり裸にて

江戸切子きりきり碧しところてん

故郷へ灼けて途切れし鉄路かな

スカイツリーだけ炎天へ屹立す

靖國の婆は知覧の朱夏にあり

鯨色なりし巡洋艦の夏

水よりも静かな海の夜の秋

秋声

空つぽの空に蜻蛉の無尽蔵

法政大学より相撲甚句かな

蟬の中ひとつまぎれて法師蟬

秋愁ふ母に縋りて花やしき

草履屋に秋の草履はあるかしらん

どら焼の餡に秋色ある夕べ

露の世のスワンボートの目は漫画

秋蟬の狂ふやモネの池に触れ

野分過ぐ空にも沖のあるやうに

秋扇の浪速男でありにけり

月今宵独りは凭れやすきかな

月今宵姫とは帰らねばならぬ

月赤し五重塔を低く出で

月光を乗せていよいよ俥夫疾し

凌雲閣月へ崩れて行きしとも

鴨が来て池が愉快となりしかな

刑務所の窓の数だけ秋夕焼

ネオンサインは秋声の万華鏡
銀河系みたいな菊が金賞に

金賞の菊に秘めたる謀

濃紅葉を敷き人を待つ屋敷神

黄落期などを経て来し大鳥居

冬棲む

神池の神旅立ちてそれつきり

湯気立てて曇り硝子の中に老ゆ

ビールケース積みて八手の花に老ゆ

鳰潜る濠に抜け穴あるといふ

狼の夢の中にも星流れ

自在鉤黒々と錆び牡丹鍋

リヤカーに供華の名残の枯黄菊

外套の俯くメリーゴーランド

帝国ホテルも錆びたり片時雨

袴著の凭れ五重塔傾ぐ

キューピーの裸にも来るクリスマス

歳晩の黒点として修道女

讃美歌は贋の聖樹の下にさへ

まぼろしの狼連れて年惜しむ

似非画伯新作を売る去年今年

天国へ向く楪の置き所

山眠る鳶の輪なんとなく楕円

神池の北風に曇りて古鏡めく

ヨコハマの枯木の瘤に龍の貌

外套の右翼に母の滕《かが》り跡

海兵の上着短し母は枯野へ

狼の裔の毛皮を纏ひたる
雑炊を海の彼方へ吹いてみん

オリオンの夜に白絹を持て嫁ぐ

三和土また寒の土なり武蔵野も

一本の杭の墓標へ雪しとど

竈猫とても名主の贅にあり

豪雪の夜の雪晴れや星天《あ》降《も》り

寒の水廻す路地裏洗濯機

寒風が樹齢の音を立ててゐる

寒鯉の身を寄せ愛し方知らず

寒鯉の鰓の中まで寒の水

檻寒しハシビロコウの微動すら

犀固く冷たき怒り繰り返す

ボヘミアングラス擬きに冬の蠅

小芥子らの中のひとつは雪女郎

冬の灯は薔薇の容ちや妻の閨

大鳥居冷たき鉄を交錯す

太宰府の空より広き冬の天

兜太いま無言となりて秩父冴ゆ

春仏

哲学書百年売れ残る余寒

領事亡きバレンタインのシャンデリア

惑星の形のバレンタインチョコ

薄氷の死魚を孕みてをりにけり

蛇穴を出で永遠の真昼へと

その女へと啓蟄の子の縋る

蝶は懇ろに舞ひ虻水平に

瓦斯灯の立つ朧夜のしがらみに
溺死碑の海抜零メートルの朧

乙女とは春日溜りにたまるもの

春灯下翁めきては竹箒

黄砂ふる尋ね男の貼紙に
すみれ摘む子よ禿鷹はもうゐない

蛸丸く春の円周率にあり

太白の消えし夜中を蘖ゆる

蘖にある縄文の記憶かな

門川に文目流して雛の夜

夭折の韓《から》紅《くれなゐ》の風車

涅槃西風ならば海軍カレーの日

龍天に登るや喜劇役者の死

春泥の轍は屯田兵のころ

龍天に登る御廟の門扉より

衛士もまた黒を極めし花衣

朧夜の酒舗の娘の胸うすし
やがて渦潮に呑まれん花筏

濠へ濠へと皇《すめらぎ》の花枝垂れ
衛士たちへ花の雨とは天降るもの

能舞台これより花を舞はせたり

大仏も観音も老ゆ虚子忌かな

婆の売る春爛漫のまがひもの

千年の花の朧を廟まとふ

萬年橋万のリベットみんな春

北斎の橋に凭れて春うれひ

蕉翁の蛙も亀も鳴いてをり

蕉翁の像は恐らく春袷

神の夏

胎の子に夏の沖てふ水遥か

めまとひの螺髪をまとふことあらず

嬌声の絶えてぽつんと夜の金魚

木漏日のグラスに初夏を分光す

蝶の沈黙夏蝶の歓喜かな

慶喜の牡丹として火焔めく

龍巻の去りて蝲蛄《ざりがに》赤くなる

香水の独りの真夜をもてあます

相模湾てふ潮水を泳ぐなり

角海老の裏よりぬつとサングラス

もう二度と愛せざる日の水著きて

騙すなら騙し通してサングラス

あの夏の錨のやうに墓碑も錆び

子は二歳母は二十歳《はたち》の墓誌の夏

神愛し薔薇を愛せし寝墓とも

最後の晩餐のやうなる墓晩夏

恋の色着て青山のあつぱつぱ

揚羽来る墓に朽ちたる名刺受

虚子論も冷し汁粉を食べながら

仰向けの蟬に最期の青き空

イザベラの墓も今宵は夜の秋

秋星

初恋の金木犀の人と逢ふ

神杉の大垂直を星流れ

邯鄲の我を近くにして遥か

妹が香に秋が潜んでをりにけり

キャバレーに電線絡みつつ流星

失恋を金風が取り巻いてゐる

鉽力《ブリキ》屋の中がらくたの秋の声

愁眉もつ露の男の忌日とも

楠舞へる二千六百年の秋

金輪際恋などはせず稲を刈る
龍昇りゆく稲妻のかたちして

龍子浄土茅舎浄土の秋を訪ふ

龍淵に潜み画伯の龍天へ

九輪いま金輪際の秋を燃ゆ

艶治集

一九六句

夏麗し
すれ違ふなり高飛車な香水と

みしりともせぬ外濠へさみだるる
梅雨じめりして薄墨の少女たち

梅雨茸やことに阿漕な墓の裏

土饅頭夏の花咲く土を乗せ

浄閑寺の夏花にキリストの名残

リヤカーに乗せ天上の夏落葉

夏の雨胸より零し母の像

あの母の日を坑道に在りし父

讃美歌はしづかに男子校の夏
夏潮のかをりを纏ひ来し人と

神輿出づ神輿蔵より絢爛に
父はもうこの夏蝶であらざりし

もう父と会ふまじ薔薇の棘に触れ
街《まち》金《きん》のビル底にゐてあとずさり

あぢさゐに突つ込んでゆく滑り台

日焼して目も鼻もなき子供たち

黒揚羽三百歳の松を舞ふ

従一位の濠に首級を洗ふ夏

長崎料亭「花月」三句

あの夏の昔硝子を龍馬どち

涼しさは梁の龍馬の刀傷

傾《けい》城《せい》と昼寝したくて花月へと
夏蝶も来よ雲仙の峨々と霽れ

ドクトルの墓は独逸の夏の空

アメ横は南風の坩堝や漢また

北斎の濤砕け散るアロハシャツ
墨東に死せる裸体を投げ込みし

零戦へ夕焼はまだ先のこと

零戦といふ炎帝のやうなもの

久女の碑秘す霊山は瑠璃のもの
鉱山王たりし沓脱石の夏

万緑を褥に寝たり涅槃像

夏山を寝返り打ちて涅槃像

窓開けて西日を木端微塵とす

街騒を背負ひしづかに蟬鳴けり

いま何か孕みて夏木なりしかな
暗号は仕掛け花火の輪の中に

喧嘩してひとり浮輪で浮いてをり

喧嘩して違ふ夕焼見て帰る

夏霧の中に樹海を潜ませて

夏潮は賽の河原に来て崩れ

秋艶

祖父の秋蝶と曾祖父の秋蝶

ペルセウス座流星群を見ずに死す

噴煙の上はおそらく星月夜

秋蟬はオルガンに似て忌を鳴けり

嘗て女麗し露の止り木に

秋声の溜り場としてフランス座

仲見世は坩堝六区は蚯蚓鳴く

天鵞絨の幕より露の裸体とも
李香蘭めきて無花果食べてゐる

露草の寡黙彼女の無口かな

長篠の合戦場跡　四句

長篠の土塁に墜ちて木の実の死

秋の蚊を武田名残と思ひける

武将死す大《だい》音《おん》声《じやう》の彼岸花

木の実落つ土塁に何某の戦死

エンゼルトランペット破れ小鳥来る

しばらくは愛子の供華の龍胆と

虚子著『虹』の森田愛子　二句

虹捨てて来し漢へと秋夕焼

團蔵の秋思も虚子の句碑のものの

遺書を書く間に颱風の来るといふ

月光に濡れて細りて殉教碑

簪は伏して売られて秋の声

樽に古酒薦に新酒のめでたさよ

冬鏡

鶴舞へる淡海を合せ鏡とし

その女だんだん貂の顔となる

唇を寒くし薔薇の名前云ふ

狼は亡きや山彦応へたり

斎場の微粒子までも時雨るるや

氷川丸とはなんとなくクリスマス

歳晩のミサの昏さや讃美歌も

ステンドグラスの冬日へマリアの手

蹇《あしなへ》の母冬帝へ出てしまふ

ため息も白き破綻の恋みくじ

香煙のむらさきに入り御慶述ぶ

九頭龍に去年の流れてをりしかな

初雀広きイエスの手を零れ

たぶんここに五万人ゐる初詣

大吉も大凶もゐて初句会

猿廻し終へてまぬけな猿の空

濹東綺譚の春著を見失ふ

簪はかんざしとして老の春

女子学院の裏より竈猫

御遺影は沖を見てゐる冬の窓

冬凪の女しづかや船音も

ひとつ白き星の蕩けて冬銀河

女子高生帰るひとりの雪原を

象嵌の森田銀行寒灯下

寒鯉の深く睡りて薔薇色に

寒禽の嘴を零れてつぶやける

寒天へぎらりと十字架の孤独

口笛を吹き雪嶺へ発つといふ

たまげだなあ雪女みでな嫁さ来て

マフラーにラメを鏤め路地に入る

D《で》5《ご》1《いち》は大寒の鉄のかたまり

春の臍

冴返る瓢簞池の臍あたり

白鳥座かすめ雪崩れてくるといふ

百《もも》歳《とせ》の春を見し松物語る

円墳の地下に余寒の剣あり

東風群れをなし円墳を攻め登る

円墳を敵陣として東風怒濤

春泥の先は坂東太郎なり

よもぎ摘む坂東太郎荒れやまず

かねやすへ江戸の名残の東風を背に

春の灯の菩薩はマリアに似て非なり

白梅の香とて抱きぬ自づから

椿落つ礎石の上の千年へ

鳥交り姫の入水の池毀す

龍の口より春水の紙縒りめく

花の世の風を吸はんと鯉の口

青《せい》山《ざん》の花の雲とはなりきれず
彼女らに花見曼荼羅来たりけり

囚人へ怒濤めきたる飛花落花

金平糖発祥の地へ花の雨

亀鳴くや女船頭腰づかひ

朧夜をのたりのたりと手漕舟

日矢に入るなき薄命の蜆蝶

夏の濤

十字架の薄暑の胸となりしかな

或る女跣足となりて砂丘駆く
多情にて熱き砂丘でありしかな

恋をして薔薇の香りの咳をして

群青の夏追憶の人ばかり

葉桜となりて火焔の地を鎮め

青く点し黒く点して螢の死

黒蝶を貫いてゐる夏の日矢

零戦の皮膚薄すぎて梅雨に入る

梅雨に濡れそぼつ十字架自づから
目黒台より讃美歌も滴りも

荒梅雨の底を流れて目黒川

緑青の梅雨の十字架なりしやも

十字架は天を衝くなり梅雨晴間

白南風の届かぬ羅漢とし瞑る

喜びの羅漢は半裸なりしかな
哀しみの羅漢は単衣綻びて

朝凪と思へば薫る廓跡

土龍出て阿鼻叫喚の夏の土

夏干潟とて永遠の沖のあり

万緑の爆発にある大鳥居

望郷の耶蘇の墓石は黒く灼け

大漁の男になれと幟立つ

出漁す炎帝の沖黒かりし

壱岐國　九句

壱岐國のみしりともせず夏怒濤

壱岐までは泳ぎて妻を娶るてふ

壱岐に葬られし曾良へと遠泳す

葬られし曾良の信濃の夏遥か

飛魚光りつつ半島を大跨ぎ

バルチック艦隊沈む夏の潮

夏怒濤はらほげ地蔵はらほげて

大南風来て韓国《からくに》へ鳶散らす

猿岩の茂る背中の孤独かな

観音の笑みを仰ぎつ藪蚊打つ

稲毛氏の墓は痩せたる夏の石

お不動の炎に焦げて夏の蝶

大日如来へ凭れて濃紫陽花

虹架けて君来たまへと曾祖父は
遠泳を終へ褌のしたたれる

バー純子扉開けると夏の闇

手花火のひとり幽霊かもしれず

手花火にゐるはずの無き子がひとり

遠花火果て残像の黒花火

秋の忌

七夕祭りの金糸へ娘群れ

吉原の露の女とすれ違ふ

吉原の火《ほ》中《なか》に死して露の墓

投げ込まれ供華の黄菊とねんごろに

生れては苦界死しては菊黄なり

吉原の椋鳥騒がしく漢らも
金風を足にまとひて花街へと

コスモスを咲かせ花街の隅に棲む

秋水を吐き絢爛の鯉となる

鰻捌ける一徹の秋思あり

金輪際兵とならずに菊として

その窓辺へと月光の投げ込まれ
剝落の絵馬に遙けき葉月潮

伊藤柏翠　二句

柏翠の忌を九頭龍の忌と思ふ

単線の露の鉄路を忌日へと

ひよんの笛吹き恋人に逢ひにゆく

遊船の廃船らしき水の秋

手拭を金風に干す舟だまり

露の世の襁褓干されて舟だまり

羅漢堂より秋声の五百ほど

羅漢なぜ笑むや秋声にて答ふ

紅葉且つ投げ込み浄土へと散れり

冬神

九頭龍は冬の龍神とし海へ

思案橋冬の怒濤へ続くてふ

ここいらの駄菓子やつぱり神の留守

楽奏でつつ悪人も聖夜待つ

クリスマスリースの扉から美人

姑娘《クーニヤン》の一陽来復なるチャーハン

正月の塩を盛らざる華僑酒家

朱の鳥居百も潜らば女正月

蛇口ひねれば雪嶺のひと滴

寒紅をひいて神籤の末吉に
葉牡丹の渦の奈落を見てしまふ

冬帝も赤を好むや鬼子母神

眼裏に冬の海ある海士と逢ふ

駅裏に天涯孤独なる寒さ

枯蓮の日本一の枯れつぷり

畢

あとがき

この句集の名の『壱』は、二十数年前の最初の句集『零』の後書きで次は「壱」にすると書いた経緯から来ている。その後いろんな事情で別のタイトルになってしまったが、やっとここで約束を果たせた。

今回は「真実と虚構」「聖と俗」「写生と抽象」などの句が鬩ぎ合うようにできている。虚子で言うなら「客観写生」から「主観写生」へ至る道へのテクストを行ったり来たり。

サブタイトルの「朴念集」は造語。「朴念仁」から来ている。まあ、朴訥ではないが、頑固で夢想家で生意気な句たち。「艶冶集」は冷淡で艶めかしいがちょっと阿婆擦れな句たち。そしてそれぞれの集は四季によって分かれている。

この三十数年間私は俳句関連の仕事をして来て、周りの多くの俳人は亡くなってしまった。男も女も、凄い俳人もそうでない人も、お年寄りも若い人も。

しかし俳句の神はみな平等だ。ともかく、その死者や生者の方たちの叱咤と激励でここまで来たことは本当のことだと思う。

そうは言っても、つまらない句ばかりだなと思う人も居るだろうけど、それはそれで思ってくれるだけで嬉しい。そもそも私は、俳句の家に生まれ、俳句に呪われたような人間である。でも、今回の句集を出版するにあたり、輪廻転生したような嬉しい気持ちになった。全ての人に感謝しよう。

「壱」とはいい名前だと思う。「壱」こそが自然数の最初の数。無から有への出発という感覚。宇宙創成のビッグバンである。ところで次は「弐」にしようかと思うけど、もうみんなに飽きられるんだろうねえ。

畢竟、この本を読んでくださった人、私のまわりの身近な人をはじめ、刊行を手伝ってくださった朔出版の鈴木忍さん、装幀ではタイポグラフィで日本を代表する水戸部功さん、何より今まで俳句にかかわってくださった人、褒めたり悪口を言ってくれた全ての人に感謝と愛を届けたい。

二〇二〇年九月

坊城俊樹

著者略歴

坊城俊樹（ぼうじょう　としき）

昭和32年7月15日東京都生。祖父の高濱年尾のもとで俳句を始める。日本伝統俳句協会新人賞受賞。

俳誌「花鳥」主宰、公益社団法人日本伝統俳句協会理事、日本文藝家協会会員。南日本新聞俳壇選者、国民文化祭選者。

句集に『零』『あめふらし』（ともに日本伝統俳句協会）、『日月星辰』『坊城俊樹句集』（ともに飯塚書店）、著書に『切り捨て御免』（朝日新聞社）、『丑三つの厨のバナナ曲るなり』（リヨン社）、『空飛ぶ俳句教室』（飯塚書店）、共著に『俳句川柳短歌の教科書』（つちや書店）などがある。

現住所　〒151-0061　東京都渋谷区初台2-23-15

句集　壱　いち

2020年11月11日　初版発行

著　者　　坊城俊樹

発行者　　鈴木　忍

発行所　　株式会社 朔《さく》出版
郵便番号173-0021
東京都板橋区弥生町49-12-501
電話　03-5926-4386
振替　00140-0-673315
https://saku-pub.com
E-mail　info@saku-pub.com

印刷製本　中央精版印刷株式会社

ISBN978-4-908978-56-2　C0092